BOULETS ROUGES.

L'ouvrage se compose de six livraisons non
périodiques, ni régulières, formant ensemble
1 vol. de 200 pages environ, chacune du prix
de 20 centimes.

DU MÊME.

DEUX SOUS pour les Bastilles.

ETUDES ET SOUVENIRS, poésies.

PETIT CATHÉCHISME de la réforme sociale.

BOULETS ROUGES.

Editeur :

RICHARD LAHAUTIÈRE

Ancien rédacteur de l'Intelligence.

1re LIVRAISON.

Prix : 20 centimes.

PARIS.
CHEZ FIQUET, LIBRAIRE
Galerie de l'Odéon, N° 4;
ET CHEZ TOUS LES MARCHANDS DE NOUVEAUTÉS.

1840.

[illegible]

[illegible]

[illegible]

[illegible]

[illegible]

[illegible]

Avis de l'Éditeur.

Boulets. Rouges! que ce titre belli-
queux n'effraie pas le lecteur. Nous dé-
clarons aux ministres de l'étranger une
guerre énergique, mais une guerre de
plume. Nous voulons que leurs projets
liberticides tombent, battus en brèche
par les armes du raisonnement, et ren-
versés par le souffle de l'opinion publique. Nous repoussons à l'avance toute
idée de provocation. Que les minorités

s'appuient sur la force brutale, et cher-
chent à triompher par la surprise et par
la violence, on le conçoit; mais quand
une nation entière se trouve en lutte avec
quelques obscurs ambitieux, elle n'a qu'à
parler, sa puissante voix les écrase.

Nous nous proposons de publier une
série de six lettres ou pamphlets sur les
affaires du temps; les discours d'apparat,
les intrigues de coulisse, les aveux indis-
crets des amis maladroits, tout fournira
matière à notre examen et à notre criti-
que.

D'honorables collaborations feront aussi
rentrer dans notre cadre les mœurs publiques, les arts et la littérature.

Notre but est sérieux, notre forme le sera le moins possible.

Que les lecteurs nous soient en aide!

LAHAUTIÈRE.

Un Député à ses Commettans.

Savez-vous, mes chers commettans, pourquoi une convocation extraordinaire m'a fait quitter mes pressoirs encore en travail et mes futaies à peine coupées ? Vous vous souvenez de l'effet que produisit, à l'issue de notre dernier banquet réformiste, l'entrée du facteur m'apportant ma lettre close! Chacun aussitôt de poser son verre, d'interrompre son toast, tous de m'entourer, de lire avidement les lignes sacramentelles qui, de par le roi, me rappelaient, avant l'époque accoutumée, à mon banc du Palais-Bourbon; on comptait les syllabes, on interprétait les points et les virgules, on commentait les mots les plus insignifians...

— Ils t'appellent là-bas, disait Pierre, le fermier; cela veut dire que mon fils, qui est de la réserve, va quitter la maison et prendre le fusil!... Tant pis pour Marie... Marie, sa gente fiancée... Il faudra qu'elle attende!... Mais tant mieux, morbleu! tant mieux pour la France! son honneur est engagé, et l'honneur n'attend pas!

— Ils t'appellent là-bas, répétait en grondant Jacques, notre vétéran de Fleurus; cette fois donc ils ont senti l'aiguillon... Après dix ans d'outrages, ce n'est pas malheureux... Qu'importe, après tout! mieux vaut tard que jamais, et nos jeunes conscrits auront bientôt rattrapé le temps perdu!

— Ils t'appellent là-bas, vous écriez-vous tous en chœur, vive la France, et mort aux despotes! Va prendre part aux délibérations des pères de la patrie; nous, ici, nous fourbirons nos armes... Que vos conseils soient prompts et énergiques

Demandez-nous notre or, notre sang, notre dernier écu, notre dernier enfant ; mais vengez la France, sauvez la liberté.

Ah! que nous étions simples, mes amis, bonnes gens, pour qui ces mots : France et liberté avaient encore un sens... Le discours du trône m'a bien fait revenir de mon erreur, et j'espère que ce chef-d'œuvre d'éloquence, rédigé par un ex-professeur au Collége de France, ouvrira aussi vos yeux et vos oreilles; c'est pourquoi je vous l'adresse sous ce pli.

Allez! allez! rependez au clou vos fusils rouillés, renvoyez vos fils à la charrue, ouvrez seulement vos sacs... on ne demande que votre argent. Les événemens nous ont imposé des charges inattendues, et l'on m'a fait venir en poste à Paris pour maintenir la paix, pour persévérer dans cette politique modérée et conciliatrice dont nous recueillons les fruits depuis dix ans, et pour voter un budget grossi de quelques cents millions.

— Mais si depuis dix ans on recueillo des fruits, qu'on nous en fasse donc part; aussi bien le débordement de nos rivières met à vau-l'eau nos greniers et nos récoltes; mais si la paix ne doit pas être troublée, qu'est-il besoin de dépenses nouvelles, et quelles charges inattendues nous sont imposées par les évènemens?

— Je suis sûr que la question m'est adressée par cet avare d'André, qui rechigne toujours à payer l'impôt; elle est captieuse, et l'on voit, à la façon dont André discute ses intérêts, qu'il est quelque peu clerc et marguillier de la paroisse.... Mais je lui rétorque une des dernières phrases que le docteur Guizot a mises dans la *bouche du trône* (style parlementaire, mais peu académique; à la chambre, le parler français n'est pas de rigueur.) Et comme cette phrase glissée, pour ainsi dire, entre deux parenthèses, étouffée par les sanglots de la péroraison, est plus profonde qu'elle n'est grosse; j'appelle sur ce point vos méditations.

« L'impuissance n'a pas découragé les passions anarchiques. »

Ces passions, il faut les tuer; pour les tuer, il faut des municipaux et des bastilles; pour solder ces municipaux et construire ces bastilles, il faut de l'argent; pour avoir de l'argent, il faut puiser dans la bourse d'André, tout marguillier qu'il est.

Mais reprenons : — « L'impuissance n'a pas découragé les passions anarchiques. »

Qu'entendez-vous par passions anarchiques? Je ne sais pas le grec, dit André; je n'en connais que le mot *Kirie Eleison*, qui se trouve dans le missel; mais je crois que passions anarchiques signifie passions mauvaises, autrement péchés capitaux; or ces péchés sont au nombre de sept : l'avarice, l'intempérance, la luxure, l'envie, la colère, l'orgueil, la paresse.

— André, mon ami, c'est du catéchisme, cela ; mais non de la politique ; anarchique veut dire contraire au goument ; or, jusqu'à ce jour, nos ministres se sont servi des sept péchés que vous venez de dénombrer comme d'autant de moyens de gouvernement.

Aux avares on donne des fonds secrets et des nouvelles de bourse ; des dîners ministériels et des orgies de Grandvaux aux intempérans ; pour les luxurieux on ouvre des maisons de tolérance et des hôpitaux vénériens, des académies pour les médiocrités envieuses et incapables ; aux orgueilleux on jette des titres et des cordons ; des sinécures reçoivent les paresseux ; et les hommes colères ont le passe-temps des provocations, des émeutes et des embastillemens ; ce n'est donc pas là qu'il faut chercher les passions mauvaises

—Cependant, ces orgueilleux humilient la France, ces envieux la déconsidèrent, ces paresseux la ruinent, ces luxurieux la corrompent, ces colériques la déchirent, ces intempérans la mangent, ces avares la vendent!

—Ah! mon pauvre André, tes discours sentent l'anarchie d'une lieue; écoute moi, et éclaire-toi, si possible : Le cœur de Jacques, le vétéran, a bondi, n'est-il pas vrai, à la nouvelle du traité du 15 juillet et de l'insulte faite à la France; l'alliance des rois et des Anglais lui a rappelé le traité de Pilnitz, la provocation de Brunswick, les dangers de la France et ses triomphes de 92; apprenant le bombardement de Beyrouth et le péril de Méhémet, notre dernier, notre seul allié, qui périra comme les autres en nous maudissant, Jacques s'est mis à fredonner la Marseillaise, ne pouvant mieux faire!

—Oui, et moi aussi, et toute la commune, et vous même, monsieur le député, il m'en souvient!

— Eh bien! mon garçon, nous étions des anarchistes!

— Quoi! pour avoir ressenti l'outrage fait à la patrie....., pour avoir entonné l'hymne national....

— Anarchistes!... Voyant nos ministres s'agenouiller devant le knout de l'autocrate, baisser pavillon devant les cotillons menaçant de la reine Victoire, payer de paroles et de mémorandum alors qu'il s'agissait de rendre soufflet pour soufflet, œil pour œil et dent pour dent, toi-même, mon pacifique marguillier, tu t'es ému, et tu as apposé ton paraphe au bas de la pétition pour la réforme électorale.

— Certes! le peuple n'est pas une femme; il lui faut des actes et non des mots, et, puisque ceux qui se prétendent ses représentans le représentent si mal...

—Anarchiste! anarchiste!—Mais vous m'aviez cependant conseillé...—Moi!... si je l'ai fait, j'ai eu tort ; prends que je n'ai rien dit. — Cependant le peuple est souverain!

— Quelle observation anarchique ! le peuple souverain !... eh ! mon ami, il l'a été et il a eu raison de l'être en 1830, pour donner des croix, des fauteuils, des pensions, des traitemens, des portefeuilles à MM. Guizot, Villemain et autres ; mais aujourd'hui que ces messieurs sont à table et mangent le gâteau, de quel droit le peuple viendrait-il faire du bruit à la porte de la salle, troubler le festin, et demander sa part de la curée qu'il a conquise ? Allons, André, reviens à la raison ! ou sinon je vote, sans discuter, les fonds secrets et les charges nouvelles ; car je prévois que si tout le monde, jusqu'aux marguilliers, se mêle de chanter la Mar- et de pétitionner pour la réforme, nous aurons bien des gendarmes à dresser, bien des forts à construire, sans compter les fortifications des frontières qui ne nous occupent guère, religieux observateurs que nous sommes des traités de 1815.

Du reste, rassure toi ; les fonds secrets aidant, le ministère trouvera, dans le maintien des libertés publiques et dans les lois existantes, des armes suffisantes pour réprimer les passions anarchiques.

— Mais je ne comprends pas que le maintien des libertés publiques consiste à empêcher la nation de chanter l'hymne patriotique, et à escamoter, au profit de quelques milliers d'électeurs, le principe de souveraineté posé et reconnu pour trente deux millions de Français.

— Tu as la tête dure, mon pauvre André ; vous êtes libres, vois-tu ton fils qui est sous les drapeaux de faire sa corvée, comme dit le sergent ; le mercier ton voisin, de faire faillite ; Pierre le fermier, de semer du bled pour récolter de l'ivraie ; Antoine, le vieux porte-besace, de mourir de faim et de froid ; M. Guizot, tout le premier, proclamera que c'est votre droit, et nul n'y contredira ; le Codo même vous défendra, en gros caractères, de vendre votre liberté ; elle est imprescriptible et inaliénable, voilà ce qu'on appelle le maintien des libertés publiques !

— Ah ! c'est donc là cette société dont l'enfantement a coûté tant de peines ! j'aimais mieux l'autre ! — Laquelle ? — L'ancienne donc ! celle qu'est venu combattre Jésus ; alors, au moins, si l'homme, réduit à l'extrême et sans ressources, se trouvait sans travail, sans asile et sans pain, il vendait son corps, et esclave, végétait, à la charge du maître, les jours que Dieu lui avait comptés ! Ecoutez, M. le député : ces jours derniers, j'ai assisté à un spectacle qui m'a fendu le cœur :

revenant du marché, il me prit fantaisie,
à la ville voisine , d'entrer au tribunal et
d'entendre juger. Je vis entre les gendarmes , sur le banc des coupables , deux
malheureux ; l'un, jeune garçon de dix-
huit ans , au teint hâve, plombé, à l'œil
terne ; de misérables lambeaux cachaient
à peine la nudité d'un corps grêle et amai-
gri. L'autre, approchant au plus de la
cinquantaine , semblait un vieillard de
quatre-vingts ans, ridé, courbé, affaissé
abruti, retombé en enfance. Quel crime
ont donc commis, me disais-je, ces deux
êtres à peine vivans ?

Le premier, sa cause appelée, se lève :
vous êtes accusé de vagabondage ? — Or-
phelin, malade, sans argent, sans ouvrage, je dormais, faute d'un meilleur
gîte, sous le portail de l'église. — On ne
doit pas coucher dans la rue ; la loi veut
que l'on ait un asyle... Un mois de prison !... Si vous récidivez, vous serez mis

sous la surveillance. — Eh! messieurs
les législateurs, quelle est donc la surveillance de la société qui punit, comme
crime, la misère de ses enfans!...

C'était le tour du vieillard; il avait
mendié, délit prévu par le code.—Vingt-
quatre heures de prison! — Mettez un
mois! s'écria-t-il, entendant son arrêt;
condamnez-moi à la prison perpétuelle...
au moins là je vivrai!... Les juges étaient
émus; s'interpellant à voix basse; ils se
disaient: l'enverrons-nous à l'hospice?...
Mais non!... il n'a pas l'âge! »

Il faut donc un âge pour entrer à l'hospice, pour avoir droit de vivre! et cet
âge, c'est l'âge de la vieillesse et de la
mort!... dérision! Si j'étais député, je ne
voterais ni lois de septembre, ni fonds
secrets, servant à entretenir des soldats
meurtriers ou des agents corrupteurs; je
proposerais que le droit de tous à l'exis-
tence fût proclamé en principe; et déduit-

sant les conséquences de cette loi premiè-
re, je voudrais doter mon pays d'un code, non de punition, mais de prévoyance.
Les passions anarchiques, comme on dit,
se calmeraient ; la confiance, le bonheur
renaîtraient ; tous les membres de la nation, unis dans une étreinte fraternelle, se
présenteraient aux despotes de l'extérieur
une phalange imposante, sacrée, inatta-
quable.

Ainsi, sans secousses, sans violences,
sans gendarmes, sans bastilles, la France
relèverait, et tranquille, poursuivrait l'ac-
complissement d ; ses glorieuses destinées !

—Belle conclusion, mon compère An-
drél Par malheur, tu n'es ni élu, ni même
éligible, quoique souverain.

— Mais, vous, mon représentant ?

— Moi, c'est différent ! Je ne suis pas
un utopiste, un rêveur ! Cependant, tes
récits m'ont fait pleurer et perdre le fil de
mon discours...

Sur mon banc de député, au lieu de dormir comme font certains de mes collègues, je réfléchirai à tes paroles; pendant que MM. Guizot, Villemain et consorts nous parleront de la Charte, du trône, de la conservation, de la résistance, et surtout du budget, je penserai au vagabond et au mendiant, et peut-être, dans une prochaine causerie, te toucherai-je deux mots à cet égard.

… En attendant, je t'apprends que nous venons de nommer M. Sauzet notre président… C'est un beau parleur, surtout un joli garçon, qui nous représente dignement à la cour et auprès des ambassadrices.

Paris ce   novembre 1840.

[illegible]

MITRAILLE.

.⁂. La mort de César fut, dit-on, an-
noncée jadis par de funestes présages;
des comètes, des éclipses, des éruptions
volcaniques, des apparitions, des orages,
des inondations: nous ne savons quelle
grande catastrophe nous menace; mais
d'affreux débordemens portent l'effroi
dans nos plus fertiles vallées; le Rhône,
la Saône, la Loire, le Gard, le Rhin, la
Meuse, la Moselle, envahissent les cam-

pagnes, détruisent les villages, ravagent les villes, entraînent des populations en-tières, et jettent le deuil et la misère dans des milliers de familles!... Pour atténuer ce grand désastre, des souscriptions sont ouvertes; empressons-nous tous de por-ter notre obole... Mais, combien sera in-suffisant, hélas! cet appel fait à la cha-rité publique. Ah! ne devrait-il pas être rayé de nos dictionnaires, ce mot *charité* qui, aujourd hui, emporte avec lui une idée d'aumône et de vasselage? Ces peu-ples désolés ne sont-ils pas nos frères, ne sommes-nous pas solidaires de leur mal-heur? Si à cette maxime anti-sociale, tant prêchée depuis 1830 : *Chacun chez soi, chacun pour soi*, on substituait la véri-table formule de l'association humaine : *Chacun pour tous, tous pour chacun*, de pareils désastres, quelque terribles, quelque imprévus qu'ils pussent être, se-raient aussitôt réparés que connus!

.*. Un homme d'état faisait dernièrement la réflexion suivante au sujet des affaires d'Orient : « Les cinq puissances étaient d'accord sur un mot : *L'intégrité de l'empire ottoman* ; mais ce mot, elles l'entendaient chacune à sa manière : la France, entre autres, était d'avis que pour conserver intacte la domination du sultan, il fallait lui créer, dans Méhémet, un vassal assez puissant pour le défendre contre les invasions de la Russie. La Russie, de son côté, pensait que le meilleur moyen de sauver le turban était de l'ajouter à la couronne du czar; mais la pensée de l'Angleterre, la voici : Si l'Egypte est une des parties intégrantes de l'empire ottoman, l'Algérie lui appartient également ; la France a enlevé cette dernière province aux deys qui la gouvernaient sous la suzeraineté de la Porte ; si la France crie si haut qu'il faut maintenir l'intégrité de l'empire ottoman, qu'elle commence, pour prouver qu'elle est sincère, par abandonner Alger. Sous main, le système de la paix à tout prix avait donné à nos amis les ennemis quelque espérance à ce sujet ; mais décidément, la nation française ne veut pas entendre de cette oreille-là. Beaucoup même de ceux qui s'appellent *conservateurs* prétendent que leur doctrine de conservation doit, pour ne pas être accusée d'inconséquence, s'étendre jusqu'au territoire conquis à force de fatigues ; et voilà le nœud gordien. Voilà pourquoi la France a été exclue du traité du 15 juillet. Hommes de paix, mes amis, la paix à tout prix s'entend non-seulement de la perte de Méhémet Ali, question qui, n'intéressant que l'honneur français, ne vous touche guère, mais elle s'entend aussi de l'abandon d'Alger ; il y va là de nos intérêts, de notre commerce,... Vos yeux s'ouvriront-ils ?

Nous ne savons si c'est pour nous préserver des inondations de la Seine (car aujourd'hui, avec le système de la paix à tout prix, les Cosaques ne doivent plus être à craindre), mais on pousse avec une activité extraordinaire les travaux de fortifications. Sur le mont Valérien, qui commande la basse Seine et la route de Normandie, s'élève une citadelle formidable; fossés profonds et larges, bastions, contrescarpes, rien n'y manque; trois cents ouvriers, tant civils que militaires, y travaillent continuellement. On se souvient peut-être de l'empressement qu'en 1830 les Rouennais et les Havrais mirent à voler au secours de leurs frères de Paris, et l'on veut leur ménager, sur la route, une agréable surprise, au cas où il leur prendrait fantaisie de revenir nous visiter.

A certains de nos honorables, qui manifestent des inquiétudes sérieuses sur l'embastillement de Paris, les ministres répondent : Comment pouvez-vous croire que jamais l'idée nous vienne de bombarder et de brûler la capitale du monde civilisé ? Nous voulons seulement effrayer les agitateurs, et les contenir par la peur. En 1833, à propos des lois de septembre, le gouvernement tenait le même langage : « Comment pouvez-vous croire que nous songions jamais à appliquer ces lois monstrueuses ? leur sévérité seule est un garant de leur inexécution. Nous voulons seulement obtenir de la Chambre une mesure comminatoire, et brider la mauvaise presse par la crainte. » Aujourd'hui, avez-vous lu la circulaire de M. Martin du Nord, le ministre de la justice, aux procureurs généraux ? Selon lui, les lois de septembre doivent être appliquées non seulement contre les écrivains, mais encore contre ceux qui ont l'audace de fredonner les chants patrioque. On parle même de faire le procès, à l'ombre de Rouget Delisle, et de brûler son effigie en place de Grève.

Instruisez-vous maintenant, messieurs les députés, et voyez si, dans l'intérêt des propriétaires que vous représentez, vous devez voter des bastilles et des bombardemens comminatoires.

FIN.

PARIS. — IMPRIMERIE DE P. BAUDOUIN,
Rue des Boucheries St-Germain, 38.

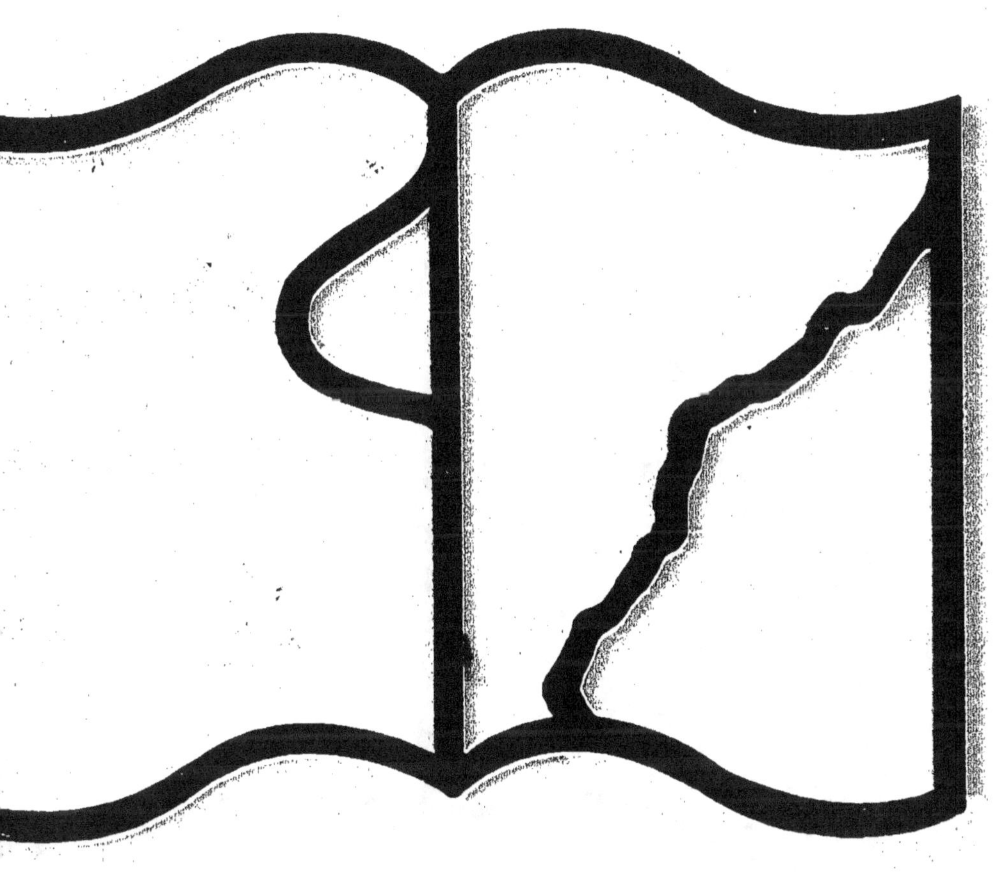

Texte détérioré — reliure défectueuse

NF Z 43-120-11

Contraste insuffisant

NF Z 43-120-14

9 782013 589208